TABLEAUX

AQUARELLES & PASTELS

PAR

N. Diaz, Fromentin, Iwill, Knyff, Lanfant de Metz
Lapostolet, Leloir (Louis), Lemaire (Madeleine), Pils, Plassan
Rousseau (Ph.), etc.

BRONZES D'AMEUBLEMENT

Meubles courants

BIJOUX

ARGENTERIE - METAL

LIVRES AVEC GRAVURES

TAPIS — TENTURES — RIDEAUX

Vente après décès par suite d'acceptation bénéficiaire

HOTEL DROUOT — SALLE N° 2

Les Jeudi 22 et Vendredi 23 Juin 1911

À DEUX HEURES

Me E. BOUDIN	MM. CHAINE & SIMONSON
COMMISSAIRE-PRISEUR	EXPERTS POUR LES TABLEAUX
14, Rue Grange-Batelière	19, Rue Caumartin

EXPOSITION PUBLIQUE

Le Mercredi 21 Juin 1911, de 1 h. 1/2 à 5 h. 1/2

CONDITIONS DE LA VENTE

La vente sera faite expressément au comptant.

Les acquéreurs paieront 10 o/o en sus des enchères.

L'exposition mettant le public à même de se rendre compte de l'état des objets, il ne sera admis aucune réclamation une fois l'adjudication prononcée.

DÉSIGNATION

TABLEAUX

AQUARELLES — PASTELS

CALAMATA

1 — Françoise de Rimini d'après Ary SCHEFFER.

Dessin exécuté pour la gravure. Signé : CALAMATA.

Larg. : 0^m35; Haut. : 0^m25.

CHAMPEAUX (O. de)

2 — Navire en mer; effet de lune.

Signé à gauche.

Toile. Haut.: 0^m56; Larg : 0^m46.

CHAMPEAUX (O. de)

3 — Un débarcadère.

Signé à droite.

Toile. Haut.: 0^m39; Larg.: 0^m46.

DAUBIGNY (Ecole de)

4 — **Bords de rivière.**

> Signé à tort « Daubigny ».
>> Panneau. Haut. : 0ᵐ26; Larg. : 0ᵐ46.

DAVID (Ecole de)

5 — **Vulcain et Mercure.**

>> Panneau. Haut. : 0ᵐ40; Larg. : 0ᵐ50.

DIAZ (N.)

6 — **Un Grain.**

> Signé à gauche.
>> Panneau. Haut. : 0ᵐ27; Larg. : 0ᵐ36.
>
> A figuré sous le nº 34 à l'Exposition des Œuvres de Diaz à l'Ecole Nationale des Beaux-Arts en mai 1877 comme appartenant à M. Cappronnier.

DUPRAY (H.)

7 — **Chasseur à cheval en vedette.**

> Signé à droite.
>> Panneau. Haut.: 0ᵐ21; Larg.: 0ᵐ15.

ECOLE FLAMANDE

8 — **Rivière.**

> Signé « Buyrod »?
>> Toile. Haut.: 0ᵐ32; Larg.: 0ᵐ41.

ECOLE FRANÇAISE XVIIIe SIECLE

9 — La Fillette au serin.

> Pastel ovale.

ECOLE FRANÇAISE

10 — Un Conseiller à la Cour.

> Cadre bois sculpté.
>
> Toile. Haut. : 0^m75 ; Larg. : 0^m58.

ECOLE FRANÇAISE

11 — Portrait d'un officier sous Louis XV.

> Pastel. Haut. 0^m55 ; Larg. : 0^m46.

FROMENTIN

12 — Cavaliers arabes.

> Signé à droite E. F. 74.
>
> Panneau. Haut. : 0^m27 ; Larg. : 0^m35.

IWILL

13 — Dordrecht.

> Signé à gauche.
>
> Pastel. Haut. : 0^m90 ; Larg. : 0^m57.

IWILL

14 — La Seine à Rouen.

Signé à gauche.

Pastel. Haut. : 0ᵐ52 ; Larg. : 0ᵐ70.

KNYFF

15 — Un Etang de Compiègne.

Signé à droite.

Toile. Haut. : 0ᵐ78 ; Larg. : 0ᵐ61.

KNYFF

16 — Abreuvoir en lisière de la forêt de Fontaine-
bleau.

Signature à droite.

Toile. Haut. : 0ᵐ77 ; Larg. : 0ᵐ57.

LANFANT DE METZ

17 — Malice de marmitons.

Signé à droite.

Toile. Haut. : 0ᵐ26 ; Larg. : 0ᵐ36.

LANFANT DE METZ

18 — Le Petit écolier.

Signé à droite.

Toile. Haut. : 0ᵐ15 ; Larg. : 0ᵐ10.

LANFANT DE METZ

19 — La Dispute.

> Signé à droite.
>
> Toile. Haut.: 0ᵐ15; Larg.: 0ᵐ10.
>
> Deux pendants.

LAPOSTOLET

20 — La Rue du Gros-Horloge à Rouen.

> Signé à droite.
>
> Toile. Haut.: 0ᵐ40; Larg.: 0ᵐ38.

LAPOSTOLET

21 — La Seine au Point-du-Jour.

> Signé à droite.
>
> Toile. Haut.: 0ᵐ41; Larg. 0ᵐ56.

LELOIR (Louis)

22 — Jeune femme au repos.

> Signé à droite. 1874.
>
> Aquarelle. Haut. : 0ᵐ27; Larg. : 0ᵐ53.

LEMAIRE (Madeleine)

23 — La Cueillette des fleurs.

> Signé à droite.
>
> Aquarelle. Haut.: 0ᵐ56; Larg.: 0ᵐ40.

MALIVOIRE

24 — Le lac d'Annecy.

> Aquarelle. Haut. : 0^m37 ; Larg. : 0^m55.

PETIT (1678)

25 — Paysage italien.

> Signé au centre du tableau en bas.
> Toile. Haut.. 0^m35 ; Larg.: 0^m52.

PILS

26 — Le barbier au camp.

> Signé à gauche.
> Toile. Haut. : 0^m46 ; Larg.: 0^m61.

PLASSAN

27 — Alger.

> Signé à droite.
> Panneau. Haut. 0^m24 ; Larg. : 0^m34.

PLASSAN

28 — Un Bazar à Alger.

> Signé à gauche.
> Toile. Haut. : 0^m24 ; Larg.: 0^m32.

ROUSSEAU (Ph.)

29 — Nature morte.

> Signé Ph. R.
> Panneau. Haut. : 0^m30 ; Larg. : 0^m21.

TANCRÈDE (Abraham)

3o — La rue Basse du Rempart au coin de la rue de
Sèze. — Effet de neige.

Signé à droite.

Aquarelle. Haut.: 0ᵐ25 ; Larg. : 0ᵐ25.

TANCRÈDE (Abraham)

31 — Saint-Augustin, le square Laborde.

Signé à droite.

Aquarelle. Haut. : 0ᵐ35 ; Larg.: 0ᵐ25.

TOULMOUCHE

32 — Jeune femme arrangeant un bouquet.

Signé à gauche du cachet de la vente.

Toile haut. : 0ᵐ47 ; Larg. : 0ᵐ28.

BRONZES D'AMEUBLEMENT

GARNITURE DE CHEMINÉE en bronze doré et marbre
blanc comprenant :

Pendule formée d'un globe bronze doré et ciselé
monté sur deux colonnes bronze doré et cannelé
socle marbre blanc orné d'une frise et bronze
doré et deux candélabres formé d'une colonne
en bronze doré supportant un bouquet de lu-
mières, socle en marbre blanc orné d'une frise
bronze doré.

GARNITURE DE CHEMINÉE en onyx et bronze argenté
comprenant :

Pendule onyx surmontée de la Diane de Gabie et deux
candélabres bronze argenté.

AUTRE GARNITURE DE CHEMINÉE onyx et bronze comprenant une pendule et deux candélabres.

Galeries de foyer.

Suspension de salle à manger.

Appliques en bronze doré.

MEUBLES COURANTS

MEUBLES DE SALLE A MANGER en chêne blanc verni
comprenant : table, chaises, buffet étagère,
desserte, servante.

MEUBLES DE SALON comprenant : fauteuils, chaises,
canapés, tables, guéridon, table à jeu, acajou et
bronzes ciselés et dorés.

MEUBLES DE BUREAU

Bureau ministre, bibliothèque en acajou.

Coffre-fort de Fichet dans sa gaîne.

Canapés, fauteuils et chaises en cuir.

MEUBLES DE CHAMBRE A COUCHER

Lit, armoire à glace, commode en palissandre vernis.

MEUBLES DIVERS.

PIANO DROIT DE GAVEAU.

BIJOUX

Boutons d'oreilles en brillants.

Pendants d'oreilles en brillants.

Pendentif en brillants.

Bague marquise en brillants.

Epingle de cravate, perle et roses.

Epingle de cravate, perle grise.

Perles fines.

Montres d'homme et montre de dame.

Chaînes, bracelets, bijoux divers.

Tabatière en or Louis XV.

Etui à cire en or Louis XV.

ARGENTERIE ET MÉTAL

Couverts de table et couverts d'entremets en argent.

Cafetière, sucrier, en argent.

Plats et réchauds en métal.

Couteaux de table et à dessert, etc.

LIVRES ANCIENS ORNÉS DE GRAVURES

Fables de La Fontaine. — Œuvres de Montesquieu.—
Les Aventures du Chevalier de Faublas, etc.

VAISSELLE DE TABLE

VERRERIE DE TABLE

TAPIS, TENTURES

BATTERIE DE CUISINE. LINGE DE MÉNAGE. DÉBARRAS

VINS FINS

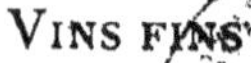

www.ingramcontent.com/pod-product-compliance
Lightning Source LLC
LaVergne TN
LVHW010809180726
843502LV00011B/4430